1998—2006
"中华古诗文经典诵读工程"顾问
（以姓氏笔画为序）

王元化·汤一介·杨振宁·张岱年·季羡林

"中华古诗文经典诵读工程"指导委员会

名誉主任 ◎ 南怀瑾

主　　任 ◎ 徐永光

"中华古诗文经典诵读工程"全国组委会

主　　任 ◎ 陈越光

总 策 划 ◎ 陈越光

总 创 意 ◎ 戴士和

选　　编 ◎ 中国青少年发展基金会

注　　音
　　　　　◎ 中国文化书院
注　　释

尹　洁（子集、丑集）　刘　一（寅集、卯集）

注释小组 ◎ 杨　阳（辰集、巳集）　丛艳姿（午集、未集）

黄漫远（申集、酉集）　方　芳（戌集、亥集）

注释统稿 ◎ 徐　梓

文稿审定 ◎ 陈越光

装帧设计 ◎ 陈卫和

十二生肖图绘制 ◎ 戴士和

诵　　读 ◎ 喻　梅　齐靖文

审　　读 ◎ 陈　光　李赠华　黄　丽　林　巧　王亚苹
　　　　　　吕　飞　刘　月　帖慧祯　赵一普　白秋霞

中华古诗文读本

子集

中国青少年发展基金会　　　编

中国文化书院　　注　释

陈越光　　总策划

中国大百科全书出版社

致读者

　　这是一套为"中华古诗文经典诵读工程"而编辑的图书，主要有以下几个特点：

　　1. 版本从众，尊重教材。教材已选篇目，除极个别注音、标点外，均以教材为准，且在标题处用★标示；教材未选篇目，选择通用版本。

　　2. 注音读本，规范实用。为便于读者准确诵读，按现代汉语规范对所选古诗文进行注音。其中，为了音韵和谐，个别词语按传统读法注音。

　　3. 简注详注，相得益彰。为便于读者集中注意力，沉浸式诵读，正文部分只对必要的字词进行简注。后附有针对各篇的详注，以便于读者进一步理解。每页上方标有篇码。正文篇码与解注篇码标识一致，互为阴阳设计，以便于读者逐篇查找相关内容。

　　4. 准确诵读，规范引领。特邀请中国传媒大学播音主持艺术学院的专家进行诵读。正确的朗读，有助于正确的理解。铿锵悦耳的古诗文音韵魅力，可以加深印象，帮助记忆，从而达到诵读的效果。

　　5. 科学护眼，方便阅读。按照国家2022年的新要求，通篇字体主要使用楷体、宋体，字号以四号为基本字号。同时，为求字距疏朗，选用大开本；为求色泽柔和，选用暖色调淡红色并采用双色印刷。

读千古美文　做少年君子

　　20 多年前，一句"读千古美文，做少年君子"的行动口号，一个"直面经典，不求甚解，但求熟背，终身受益"的操作理念，一套"经典原文，历代名篇，拼音注音，版本从众"的系列读本，一批以"激活传统，继往开来，素质教育，人文为本"为己任的教师辅导员，一台"以朗诵为主，诵演唱并茂"的古诗文诵读汇报演出……活跃在百十个城市、千百个县乡、几万所学校、几百万少年儿童中间，带动了几千万家长，形成一个声势浩大的"中华古诗文经典诵读工程"。

　　今天，我们再版被誉称为"经典小红书"的《中华古诗文读本》，续航古诗文经典诵读工程。当年的少年君子已为人父母，新一代再起书声琅琅，而在这琅琅书声中成长起来的人们，在他们漫长的一生中，将无数次体会到历史化作诗文词句和情感旋律在心中复活……

　　从孔子到我们，2500 年的时间之风吹皱了无数代中华儿女的脸颊。但无论遇到什么，哪怕是在历史的寒风中，只要我们静下心来，从利害得失的计较中，甚至从生死成败的挣扎中抬起头来，我们总会看到一抹阳光。阳光下，中华文化的山峰屹立，我们迎面精神的群山——先秦诸子，汉赋华章，魏晋风骨，唐诗宋词，理学元曲，明清小说……一座座青山相连！无论你身在何处，无论你所处的境遇如何，一个真正文化意义上的中国人，只要你立定脚跟，背后山头飞不去！

　　　　　　　　　　　　　　　　　　　　　陈越光

　　　　　　　　　　　　　　　　　　　　　2023 年 1 月 8 日

★陈越光：中国文化书院院长、西湖教育基金会理事长

激活传统　继往开来

　　21世纪来临了，谁也不可能在一张白纸上描绘新世纪。21世纪不仅是20世纪的承接，而且是以往全部历史的承接。江泽民主席在访美演讲中说："中国在自己发展的长河中，形成了优良的历史文化传统。这些传统，随着时代变迁和社会进步获得扬弃和发展，对今天中国的价值观念、生活方式和中国的发展道路，具有深刻的影响。"激活传统，继往开来，让21世纪的中国人真正站在五千年文化的历史巨人肩上，面向世界，开创未来。可以说，这是我们应该为新世纪做的最重要的工作之一。

　　为此，中国青少年发展基金会在成功地推展"希望工程"的基础上，又将推出一项"中华古诗文经典诵读工程"。该项活动以组织少年儿童诵读、熟背中国经典古诗文的方式，让他们在记忆力最好的时候，以最便捷的方式，获得古诗文经典的基本熏陶和修养。根据"直面经典、有取有舍、版本从众"的原则，经专家推荐，我们选编了300余篇经典古诗文，分12册出版。能熟背这些经典，可谓有了中国文化的基本修养。据我们在上千名小学生中试验，每天诵读20分钟，平均三五天即可背诵一篇古文。诵读数年，终身受益。

　　背诵是儿童的天性。孩子们脱口而出的各种广告语、影视台词等，都是所谓"无意识记忆"。有心理学家指出，人的记忆力在儿童时期发展极快，到13岁达到最高峰。此后，主要是理解力的增强。所以，在记忆力最好的时候，少记点广告词，多背点经典，不求甚解，但求熟背，是在做一种终生可以去消化、理解的文化准备。这很难是儿童自己的选择，主要是家长的选择。

有的大学毕业生不会写文章，这是许多教育工作者不满的现状。中国的语言文字之根在古诗文经典，这些千古美文就是最好的范文。学习古诗文经典的最好方法就是幼时熟背。现在的学生们往往在高中、大学时期为文言文伤脑筋，这时内有考试压力，外有挡不住的诱惑，可谓既有"丝竹之乱耳"，又有"案牍之劳形"，此时再来背古诗文难道不是事倍功半吗？这一点等到学生们认识到往往已经晚了，师长们的远见才能避免"亡羊补牢"。

读千古美文，做少年君子。随着"中华古诗文经典诵读工程"的逐年推广，一代新人的成长，将不仅仅受益于千古美文的文学滋养——"天下为公"的理念；"宁为玉碎，不为瓦全"的风骨；"先天下之忧而忧，后天下之乐而乐"的胸怀；"富贵不能淫，贫贱不能移，威武不能屈"的操守；"位卑未敢忘忧国"的精神；"无为而无不为"的智慧；"己所不欲，勿施于人""己欲立而立人，己欲达而达人"的道德原则……这一切，都将成为新一代中国人重建人生信念的精神源泉。

愿有共同热情的人们，和我们一起来开展这项活动。我们只需做一件事：每周教孩子背几首古诗或一篇五六百字的古文经典。

书声琅琅，开卷有益；文以载道，继往开来！

陈越光

1998 年 1 月 18 日

★陈越光时任中国青少年发展基金会社区文化委员会主任、中国文化书院副院长。

与先贤同行　做强国少年

中华优秀传统文化源远流长，博大精深，是中华民族的宝贵精神矿藏。在这悠久的历史长河中，先后涌现出无数的先贤，这些先贤创作了卷帙浩繁的国学经典。回望先贤，回望经典，他们如星月，璀璨夜空；似金石，掷地有声；若箴言，醍醐灌顶。

为弘扬中华民族优秀传统文化，让广大青少年汲取中华优秀传统文化的养分，中国青少年发展基金会遵循习近平总书记寄语希望工程重要精神，结合新时代新要求，在二十世纪九十年代开展"中华古诗文经典诵读活动"的基础上，创新形式传诵国学经典，努力为青少年成长发展提供新助力、播种新希望。

"天行健，君子以自强不息；地势坤，君子以厚德载物。"与先贤同行，做强国少年。我们相信，新时代青少年有中华优秀传统文化的滋养，不仅能提升国学素养，美化青少年心灵，也必然增强做中国人的志气、骨气、底气，努力成长为强国时代的栋梁之材。

郭美荐

2023 年 1 月 16 日

★郭美荐：中国青少年发展基金会党委书记、理事长

目录

1

目录

目录

1

《论语》六章

一 ★

子曰:"三军可夺帅①也,匹夫不可夺志也。"

选自《子罕篇第九》

二 ★

子曰:"温②故而知新,可以为师矣。"

选自《为政篇第二》

---

①帅:主帅,统帅。　②温:温习,复习。

1

三

子曰:"君子成③人之美④,不成人
之恶。小人反是⑤。"

四

子曰:"志于道,据于德,依于仁,
游于艺⑥。"

选自《述而篇第七》

五

子曰:"德不孤⑦,必有邻。"

选自《里仁篇第四》

---

③成:成全。 ④美:好事。 ⑤反是:与此相反。 ⑥艺:指礼、乐、射、
御、书、数六艺。 ⑦孤:孤单。

六 ★

zǐ zài chuān shàng yuē　　 shì zhě rú sī fú　　 bù
子在川上曰："逝⑧者如斯⑨夫，不

shě zhòu yè
舍⑩昼夜。"

xuǎn zì　　 zǐ hǎn piān dì jiǔ
选自《子罕篇第九》

---

⑧逝：消逝。　⑨斯：这样，如此这般。　⑩舍：此处"舍"字读上、去两声都可。上声，同"捨"，指放弃；去声，指停留、止息。

《老子》二章

一

名与身孰亲？身与货^①孰多^②？得^③
与亡^④孰病^⑤？

甚爱必大费；多藏必厚亡。

故知足不辱，知止不殆^⑥，可以长久。

选自《下篇德经四十四章》

二

民不畏威^⑦，则大威^⑧至^⑨。

---

①货：指财物。 ②多：重要，贵重。 ③得：指得名利。 ④亡：指亡
失生命。 ⑤病：有害。 ⑥殆：有危险。 ⑦威：指统治者的镇压和
威慑。 ⑧大威：人民的反抗斗争。 ⑨至：到来。

无^⑩狎^⑪其所居，无厌^⑫其所生。夫
唯不厌，是以不厌。

是以圣人自知不自见^⑬；自爱不自
贵。故去彼取此。

选自《下篇德经七十二章》

---

⑩无：通"毋"。 ⑪狎：通"狭"，逼迫，压迫。 ⑫厌：通"压"，压迫。
⑬自见：即"自现"，自我表现。

《孟子》二则

一 ★

孟子曰："鱼，我所欲①也；熊掌，亦我所欲也。二者不可得兼②，舍③鱼而取熊掌者也。生，亦我所欲也；义④，亦我所欲也。二者不可得兼，舍生而取义者也。"

选自《告子章句上》

二

孟子曰："孔子登东山而小⑤鲁，

---

①欲：想要。 ②得兼：即"兼得"，同时拥有。 ③舍：舍弃。 ④义：道义。 ⑤小：以之为小，认为……小。

dēng tài shān ér xiǎo tiān xià　　gù guān yú hǎi zhě nán wéi shuǐ

登泰山而小天下。故观于海者难为水，

yóu yú shèng rén zhī mén zhě nán wéi yán　　guān shuǐ yǒu shù⑥

游于圣人之门者难为言。观水有术⑥，

bì guān qí lán　　rì yuè yǒu míng⑦　　róng guāng⑧ bì zhào yān

必观其澜。日月有明⑦，容光⑧必照焉。

liú shuǐ zhī wéi wù yě　　bù yíng kē⑨ bù xíng　　jūn zǐ zhī zhì

流水之为物也，不盈科⑨不行。君子之志

yú dào yě　　bù chéng zhāng bù dá

于道也，不成 章不达。"

xuǎn zì　　jìn xīn zhāng jù shàng

选自《尽心 章句上 》

⑥术：方法。 ⑦明：光辉。 ⑧容光：小缝隙，也指光能照得到的地
方。 ⑨盈科：水充满洼地。

《庄子》一则

天地有大美而不言，四时有明法①
而不议，万物有成理②而不说。圣人
者，原③天地之美而达④万物之理，是故
至人无为，大圣不作⑤，观⑥于天地之谓
也。

选自《知北游第二十二》

---

①明法：明显的规律。　②成理：事物固有的道理。　③原：推究。
④达：通达。　⑤作：造作，创造。　⑥观：取法。

《礼记》一则 ★

虽①有嘉肴②，弗食，不知其旨③也；
虽有至道④，弗学，不知其善也。是故
学然后知不足，教然后知困⑤。知不足，
然后能自反⑥也；知困，然后能自强
也。故曰：教学相长⑦也。《兑命》曰
"学⑧学半"，其此之谓乎！

选自《礼记·学记》

---

①虽：即使。 ②嘉肴：美味的菜。 ③旨：味美。 ④至道：最好的
道理。 ⑤困：困惑。 ⑥自反：反省自身。 ⑦相长：相互促进。
⑧学：同"敩"，教导。

6

《吕氏春秋》一则

天下轻于身①，而士以身为人。以身为人者如此其重也，而人不知以奚道②相得③。贤主必自知士，故士尽力竭智④，直言交争，而不辞⑤其患。豫让、公孙弘是矣。当是时也，智伯、孟尝君知之矣。世之人主，得地百里则喜，四境皆贺。得士则不喜，不知相贺，不通乎轻重也。汤武千乘也，而

①身：身体，指个人生命。　②奚道：什么方式。　③相得：相互投合。　④竭智：竭尽智慧，耗尽才华。　⑤辞：回避。

10

士皆归之；桀纣天子也，而士皆去⑥之。

孔墨布衣⑦之士也，万乘之主千乘之君

不能与之争士也。自此观之，尊贵富

大不足以来士矣，必自知之然后可。

选自《季冬纪第十二》

---

⑥去：离开。 ⑦布衣：平民，老百姓。

《傅子》一则

傅玄

古之仁人，推所好①以训天下，而民莫不尚德；推所恶②以诫天下，而民莫不知耻。或③曰：耻者其至者乎？曰：未也。夫至者自然由仁，何耻之有？赴谷必坠，失水必溺，人见之也；赴阱必陷，失道必沉，人不见之也，不察之故，君子慎乎所不察。不闻大论，则志不宏；不听至言，则心不固。思唐虞于上世，瞻仲尼于中古，而知夫小道

---

①好：喜爱，喜欢。 ②恶：厌恶。 ③或：有人。

者之足羞也。相^④伯夷于首阳，省^⑤四皓

于商山，而知夫秽志者之足耻也。存

张骞于西极，念苏武于朔垂，而知怀

闾室者之足鄙也。推斯类也，无所不至

矣。德比于上，欲比于下。德比于上

故知耻，欲比于下故知足。耻而知之，

则圣贤其可几^⑥；知足而已，则固陋其

可安也。圣贤斯几，况其为慝^⑦乎？固

陋斯安，况其为侈乎？是谓有检^⑧，纯

乎纯哉其上也。其次得概^⑨而已矣。莫

非概也，渐其概，苟^⑩无邪，斯可矣。君

---

④相：看。 ⑤省：考察，察看。 ⑥几：靠近，接近。 ⑦慝：邪恶。
⑧检：约束力。 ⑨概：通"槩"，此处表示平意。 ⑩苟：假如，假使。

子内省其身，怒不乱⑪德，喜不乱义也。

孔子曰："仁远乎哉？我欲仁，斯仁至矣。"此之谓也。若子方惠及⑫于老马，西巴不忍而放麑，皆仁之端也。推而广之，可以及乎远矣。

选自《仁论》

---

⑪乱：违背，背离。　⑫及：到达。

与朱元思书 ★
yǔ zhū yuán sī shū

吴 均
wú jūn

风烟①俱净②，天山③共色。从流飘荡，
fēng yān jù jìng tiān shān gòng sè cóng liú piāo dàng

任意东西。自富阳至桐庐一百许里，
rèn yì dōng xī zì fù yáng zhì tóng lú yì bǎi xǔ lǐ

奇山异水，天下独绝④。
qí shān yì shuǐ tiān xià dú jué

水皆缥碧⑤，千丈见底。游鱼细石，
shuǐ jiē piǎo bì qiān zhàng jiàn dǐ yóu yú xì shí

直视无碍⑥。急湍⑦甚箭⑧，猛浪若奔⑨。
zhí shì wú ài jí tuān shèn jiàn měng làng ruò bēn

夹岸高山，皆生寒树⑩，负⑪势竞⑫
jiā àn gāo shān jiē shēng hán shù fù shì jìng

上，互相轩邈⑬，争高直指，千百成
shàng hù xiāng xuān miǎo zhēng gāo zhí zhǐ qiān bǎi chéng

①风烟：风与烟。 ②净：消失，消散。 ③天山：天与山。 ④独绝：独一无二。 ⑤缥碧：青白色。 ⑥碍：障碍。 ⑦湍：水势急速。 ⑧甚箭：甚于箭，比箭还快。 ⑨奔：文中指飞奔的骏马。 ⑩寒树：耐寒的树。 ⑪负：凭借。 ⑫竞：争着。 ⑬轩邈：向高处、远处伸展。

峰。泉水激石，泠泠^⑭作响；好^⑮鸟相

鸣，嘤嘤成韵。蝉则千转^⑯不穷^⑰，猿

则百叫无绝^⑱。鸢^⑲飞戾^⑳天者，望峰息心；

经纶^㉑世务者，窥谷忘反^㉒。横柯^㉓上蔽^㉔，

在昼犹昏；疏条交映，有时见日。

---

⑭泠泠：拟声词，形容水声的清越。⑮好：美丽的。　⑯千转：长久
不断地叫。转，同"啭"，指鸟鸣叫。⑰穷：穷尽。　⑱绝：停止。
⑲鸢：俗称老鹰，善高飞，是一种凶猛的鸟。　⑳戾：至，到。
㉑经纶：筹划，治理。　㉒反：通"返"，返回。　㉓柯：树木的枝干。
㉔蔽：遮蔽。

黔之驴

柳宗元

黔无驴，有好事者①船载以入。至
则无可用，放之山下。虎见之，庞然
大物也，以为神。蔽林间窥②之。稍出
近之，慭慭然③，莫相知。

他日，驴一鸣，虎大骇④，远遁⑤，
以为且⑥噬⑦己也，甚恐。然往来视之，
觉无异能者。益⑧习⑨其声，又近出前
后，终不敢搏。稍近，益狎⑩，荡倚

①好事者：喜欢多事的人。 ②窥：偷偷地看。 ③慭慭然：惊恐疑惑、
小心谨慎的样子。 ④大骇：非常害怕。 ⑤遁：逃走。 ⑥且：将要。
⑦噬：咬。 ⑧益：逐渐。 ⑨习：习惯。 ⑩狎：态度亲近而不庄重。

中华古诗文读本·子集

冲冒，驴不胜⑪怒，蹄之。虎因喜，
计之曰："技止此耳！"因跳踉⑫大㘎⑬，
断其喉，尽其肉，乃去。

---

⑪不胜：禁不住。　⑫跳踉：跳跃。　⑬㘎：同"吼"，怒吼。

记承天寺夜游★

苏轼

元丰六年十月十二日夜，解衣欲睡，月色入户①，欣然②起行。念③无与为乐者，遂至承天寺寻张怀民。怀民亦未寝，相与④步于中庭⑤。庭下如积水空明⑥，水中藻、荇交横，盖⑦竹柏影也。何夜无月？何处无竹柏？但少闲人如吾两人者耳。

---

①户：单扇的门，一说堂屋的门或窗户。 ②欣然：高兴、愉快的样子。 ③念：想到。 ④相与：共同，一同。 ⑤中庭：庭院。⑥空明：清澈透明。 ⑦盖：承接上文，解释原因，表示肯定，相当于"大概"。这里解释为"原来是"。

湖心亭看雪 ★

张 岱

崇祯五年十二月，余住西湖。大
雪三日，湖中人鸟声俱绝。是日更定
矣，余拏①一小舟，拥毳衣②炉火，独往
湖心亭看雪。雾凇③沆砀④，天与云与
山与水，上下一⑤白。湖上影子，惟
长堤一痕、湖心亭一点、与余舟一芥⑥、
舟中人两三粒而已。

到亭上，有两人铺毡对坐，一童子

---

①拏：撑。 ②毳衣：细毛皮衣。毳，指鸟兽的细毛。 ③雾凇：雾，
从天上下罩湖面的云气。凇，从湖面蒸发的水汽。 ④沆砀：白气
弥漫的样子。 ⑤一：全，都，一概。 ⑥芥：小草，比喻轻微纤细的
事物。

烧酒，炉正沸。见余大喜曰："湖中焉得更⑦有此人！"拉余同饮。余强饮三大白而别。问其姓氏，是金陵人，客⑧此。及下船，舟子喃喃曰："莫说相公痴，更有痴似相公者。"

---

⑦更：另外，还有。 ⑧客：做客。

12

为学一首示子侄

彭端淑

天下事有难易乎？为之，则难者亦易矣；不为，则易者亦难矣。人之为学有难易乎？学之，则难者亦易矣；不学，则易者亦难矣。

吾资①之昏②不逮③人也，吾材之庸④不逮人也，旦旦⑤而学之，久而不怠⑥焉，迄乎成⑦，而亦不知其昏与庸也。吾资之聪倍人也，吾材之敏倍人也，屏⑧弃

---

①资：天资，天分。②昏：昏愚，愚钝。③逮：及，比得上。④庸：平庸，普通。 ⑤旦旦：天天。 ⑥怠：懈怠，放松。 ⑦迄乎成：到了成功。⑧屏：通"摒"，排除，去除。

ér bú yòng，qí yǔ hūn yǔ yōng wú yǐ yì yě。shèng rén
而不用，其与昏与庸无以异也。圣人

zhī dào，zú yú lǔ yě chuán zhī　rán zé hūn yōng cōng
之道，卒于鲁也传之。然则昏庸聪

mǐn zhī yòng　qǐ yǒu cháng zāi
敏之用，岂有常哉！

shǔ zhī bǐ yǒu èr sēng　qí yī pín　qí yí fù
蜀之鄙有二僧：其一贫，其一富。

pín zhě yù yú fù zhě yuē　wú yù zhī nán hǎi　hé
贫者语于富者曰："吾欲之南海，何

rú？　fù zhě yuē　zǐ hé shì ér wǎng　yuē　wú
如？"富者曰："子何恃而往？"曰："吾

yì píng yì bō zú yǐ　fù zhě yuē　wú shù nián lái yù
一瓶一钵足矣。"富者曰："吾数年来欲

mǎi zhōu ér xià　yóu wèi néng yě　zǐ hé shì ér wǎng
买舟而下，犹未能也。子何恃而往！"

yuè míng nián　pín zhě zì nán hǎi huán　yǐ gào fù zhě　fù
越明年，贫者自南海还，以告富者。富

zhě yǒu cán sè　xī shǔ zhī qù nán hǎi　bù zhī jǐ qiān lǐ
者有惭色。西蜀之去南海，不知几千里

yě　sēng fù zhě bù néng zhì ér pín zhě zhì yān　rén zhī
也，僧富者不能至而贫者至焉。人之

---

⑨卒：最终。　⑩鲁：迟钝，不聪明。　⑪常：固定不变。　⑫鄙：边远之地。　⑬之：去，到。　⑭何恃：即"恃何"。恃，凭借，依靠。

12

lì zhì　　gù　bù rú shǔ bǐ zhī sēng zāi
立志，顾⑮不如蜀鄙之僧哉？

shì gù cōng yǔ mǐn　　kě shì ér bù kě shì yě
是故聪与敏，可恃而不可恃也；

zì shì qí cōng yǔ mǐn ér bù xué zhě　　zì bài zhě yě　　hūn
自恃其聪与敏而不学者，自败者也。昏

yǔ yōng　　kě xiàn ér bù kě xiàn yě　　bú zì xiàn qí hūn yǔ
与庸，可限而不可限也；不自限其昏与

yōng ér lì xué bú juàn zhě　　zì lì zhě yě
庸而力学不倦者，自力者也。

⑮顾：难道，反而。

《诗经》一首
shī jīng　　　yì shǒu

木 瓜
mù　guā

投①我以木瓜，报②之以琼琚③。匪④
tóu wǒ yǐ mù guā　　bào zhī yǐ qióng jū　　fěi
报也，永以为好⑤也。
bào yě　　yǒng yǐ wéi hǎo yě

投我以木桃，报之以琼瑶。匪报
tóu wǒ yǐ mù táo　　bào zhī yǐ qióng yáo　　fěi bào
也，永以为好也。
yě　　yǒng yǐ wéi hǎo yě

投我以木李，报之以琼玖。匪报
tóu wǒ yǐ mù lǐ　　bào zhī yǐ qióng jiǔ　　fěi bào
也，永以为好也。
yě　　yǒng yǐ wéi hǎo yě

选自《国风·卫风》
xuǎn zì　　guó fēng　　wèi fēng

---

①投：投赠，赠送。 ②报：报答，回赠。 ③琼琚：美玉，也指珍贵的玉佩。下文"琼瑶""琼玖"同。 ④匪：通"非"，不是。 ⑤好：相好，一说爱。

25

14

汉乐府一首★

长歌行
cháng gē xíng

青青园中葵，朝露待日晞①。

阳春布②德泽③，万物生光辉。

常恐秋节至，焜黄④华⑤叶衰⑥。

百川东到海，何时复西归？

少壮⑦不努力，老大⑧徒⑨伤悲！

①晞：干燥，晒干。 ②布：布施，给予。 ③德泽：恩惠。 ④焜黄：草木凋落枯黄的样子。 ⑤华：通"花"。 ⑥衰：凋零，零落。 ⑦少壮：年轻力壮，指青少年时代。 ⑧老大：指年老了，老年。 ⑨徒：白白地。

15

《咏史》其五

左 思

皓天舒白日，灵景耀神州。

列宅紫宫里，飞宇若云浮。

峨峨高门内，蔼蔼皆王侯。

自非攀龙客，何为欻来游？

被褐出阊阖，高步追许由。

振衣千仞冈，濯足万里流。

---

①皓：光明的，皎洁的。 ②舒：舒展，展开。 ③灵景：日光，太阳光。
④峨峨：形容高大的样子。 ⑤蔼蔼：众多的样子。 ⑥欻：即"忽"，突
然。 ⑦被：通"披"，披上。 ⑧褐：粗布衣服。 ⑨振：振起，扬起。
⑩仞：古时以八尺或七尺为一仞。千仞，形容极高。 ⑪濯：洗。

16

《移居》其二

陶渊明

春秋多佳日，登高赋新诗。

过门更相呼，有酒斟酌①之。

农务②各自归，闲暇辄③相思。

相思则披衣，言笑无厌④时。

此理将不胜，无为忽去兹。

衣食当须纪⑤，力耕不吾欺。

---

①斟酌：倒酒而饮。斟，盛酒于勺。酌，盛酒于觞。 ②农务：农活。
③辄：就。 ④厌：满足。 ⑤纪：经营。

17

子夜四时歌·春歌

春风动春心①，

流②目瞩③山林。

山林多奇采，

阳鸟吐清音。

①春心：春景所引发的意兴或情怀。也指男女之间相思爱慕之情。
②流：转动。　③瞩：注视，远望。

chūn　　xiǎo
春　晓 ★

mèng hào rán
孟 浩然

chūn mián bù jué xiǎo
春 眠 不 觉 晓①，

chù chù wén tí niǎo
处 处 闻 啼 鸟。

yè lái fēng yǔ shēng
夜 来 风 雨 声，

huā luò zhī duō shǎo
花 落 知 多 少。

---

①晓：早晨，天刚亮的时候。

19

九月九日忆山东兄弟 ★
jiǔ yuè jiǔ rì yì shān dōng xiōng dì

王 维
wáng wéi

独①在异乡为异客，
dú zài yì xiāng wéi yì kè

每逢佳节②倍③思亲。
měi féng jiā jié bèi sī qīn

遥知兄弟登高处，
yáo zhī xiōng dì dēng gāo chù

遍插茱萸④少一人。
biàn chā zhū yú shǎo yì rén

---

①独：独自一人。 ②佳节：美好的节日。这里指重阳节。 ③倍：加倍，格外。 ④茱萸：植物名，可入药。古代风俗，农历九月九日佩茱萸可祛病驱邪。

静夜思 ★
jìng yè sī

李 白
lǐ bái

床前明月光，疑①是地上霜。
chuáng qián míng yuè guāng yí shì dì shàng shuāng

举头望明月，低头思故乡。
jǔ tóu wàng míng yuè dī tóu sī gù xiāng

---

①疑：好像。

望 岳 ★

杜 甫

岱宗①夫②如何？齐鲁青未了③。

造化钟④神秀⑤，阴阳⑥割⑦昏晓。

荡胸生曾⑧云，决眦⑨入⑩归鸟。

会当⑪凌⑫绝顶，一览众山小。

①岱宗：即泰山。岱，大。 ②夫：无实在意义，在此强调疑问语气。
③未了：不尽，不断。 ④钟：聚集。 ⑤神秀：天地之灵气，神奇秀美。
⑥阴阳：泰山的南北。山南为阳，山北为阴。⑦割：分。⑧曾：同"层"，
重叠。 ⑨决眦：眼角（几乎）要裂开，形容极力张大眼睛。决，裂
开。眦，眼角。⑩入：收入眼底，即看到。⑪会当：一定要，终要。
⑫凌：登上。

jiāng nán chūn jué jù
江南春绝句 ★

dù mù
杜 牧

qiān lǐ yīng tí lǜ yìng hóng
千里莺啼①绿映红，

shuǐ cūn shān guō jiǔ qí fēng
水村山郭②酒旗③风。

nán cháo sì bǎi bā shí sì
南朝四百八十④寺，

duō shǎo lóu tái yān yǔ zhōng
多少楼台⑤烟雨中。

①莺啼：即莺啼燕语。 ②郭：外城，这里是指城镇。 ③酒旗：一种挂在门前以作为酒店标记的小旗。 ④四百八十：概言数目之多。 ⑤楼台：楼阁亭台，这里指寺庙建筑。

苏幕遮·怀旧

范仲淹

碧云天，黄叶地，秋色连波，波上寒烟翠。山映斜阳天接水，芳草无情，更在斜阳外。

黯乡魂，追旅思，夜夜除非，好梦留人睡。明月楼高休独倚，酒入愁肠，化作相思泪。

24

浣溪沙
huàn xī shā

晏 殊
yàn shū

一曲①新词酒一杯，去年天气旧亭
台。夕阳西下几时回？

无可奈何花落去，似曾相识燕归
来。小园香径独徘徊②。

---

①一曲：一首，由于词是配合音乐唱的，故称"曲"。 ②徘徊：来回踱步。

卜算子
李之仪

我住长江头，君住长江尾①。日
日思君不见君，共饮长江水。

此水几时休②，此恨何时已③？只愿
君心似我心，定不负相思意。

---

①尾：此处指下游。　②休：停止。　③已：完结，停止。

夏日绝句 ★

李清照

生 当 作 人 杰①，

死 亦 为 鬼 雄 。

至 今 思 项 羽 ，

不 肯 过 江 东 。

---

①人杰：人中豪杰。所用为《史记·高祖本纪》中的典故。汉高祖
刘邦曾称赞开国功臣张良、萧何、韩信是"人杰"。

《观书有感》其一 ★

朱 熹

半亩方塘一鉴^①开，

天光云影共徘徊。

问渠^②那^③得清如许？

为^④有源头活水来。

---

①鉴：镜子；一说为古代用来盛水或冰的青铜大盆。 ②渠：它，第三人称代词，这里指方塘之水。 ③那：同"哪"。 ④为：因为。

tiān jìng shā   qiū sī
天净沙·秋思 ★

mǎ zhì yuǎn
马致远

kū téng lǎo shù hūn yā
枯藤①老树昏鸦②,

xiǎo qiáo liú shuǐ rén jiā
小桥流水人家,

gǔ dào xī fēng shòu mǎ
古道③西风④瘦马。

xī yáng xī xià
夕阳西下,

duàncháng rén zài tiān yá
断肠人在天涯⑤。

---

①枯藤:枯萎的枝蔓。 ②昏鸦:黄昏时分归巢的乌鸦。 ③古道:古老的驿路。 ④西风:寒冷、萧瑟的秋风。 ⑤天涯:天边,这里指远离家乡。

shí huī yín
石灰吟★

yú qiān
于 谦

qiān chuí wàn záo chū shēnshān
千锤万凿^①出深山，

liè huǒ fén shāo ruò děng xián
烈火焚烧若等闲^②。

fěn gǔ suì shēn hún bú pà
粉骨碎身浑^③不怕，

yào liú qīng bái zài rén jiān
要留清白在人间。

①凿:开凿。　②等闲:平常,轻松。　③浑:全,都。

明日歌

钱鹤滩

明日复①明日，明日何其②多。我生待③明日，万事成蹉跎④！世人苦被明日累⑤，春去秋来老将至。朝看水东流，暮看日西坠⑥。百年明日能几何？请君听我《明日歌》。

选自《履园丛话》

---

①复：又。 ②何其：多么，何等。 ③待：等待。 ④蹉跎：光阴虚度。 ⑤累：带累，使受害。 ⑥坠：坠落。

《论语》六章

题 解

　　《论语》是儒家经典之一，记孔子的言行、答弟子问及弟子们的谈话，是研究孔子思想及儒家学说的重要资料，由孔子的弟子及再传弟子编订。本书所选六章，主要是关于学习和道德修养方面的探讨，这也是《论语》中讨论最为高频的话题。

作 者

　　孔子，名丘，字仲尼，春秋末期鲁国人。著名的思想家和教育家。他开办私学，有教无类，广收门徒，弟子甚众。在长期的教育教学实践中，他总结出了一套行之有效的方法；为了教学的需要，他编订了《诗》《书》《礼》《易》《乐》《春秋》，这些典籍成为我们民族文化的经典。他的学说经过改造，成为中国古代社会的正统思想，其本人也被尊奉为"圣人"。

注 释

　　三军：周朝制度，天子六军，诸侯大国三军。一军一万二千五百人，三军合三万七千五百人。这里是军队的通称。

匹夫：古代指平民中的男子，后泛指普通人。

温故而知新：在温习旧知识时，能有新体会、新发现。

志于道：以"道"为目标，立志高远，坚守信仰。

据于德：以"德"为根据，过道德高尚的生活。

依于仁：以"仁"为依靠，对他人施予仁爱。

游于艺：游憩于"艺"，享受追求典雅艺术带来的快乐。艺，指"六艺"，包括礼、乐、射、御、书、数，是周王官学要求学生掌握的六种基本才能。

德不孤，必有邻：有道德的人不会孤单，必定会有志同道合的人来和他做伙伴。

《老子》二章

题 解

  《老子》，又称《道德经》，是中国一部伟大的哲学著作。全书八十一章，仅五千多字，但意蕴丰富，哲理深刻。本书所选二章，一是告诫人们珍爱生命，二是对于高压政治提出警告。

作 者

  老子，名聃，春秋时期楚国人。著名思想家。老子曾担任周朝守藏室之史，以博学而闻名。他所关心的是如何消解人类社会的纷争，如何使人们生活幸福安宁。《道德经》是其受关令尹喜之请著成，对我国哲学思想产生深刻影响，老子也被尊称为道教教主。在鲁迅看来，"老子之辈，盖其枭雄，老子书五千语，要在不撄人心。"

注 释

甚爱必大费：过分贪图名利，就必定要付出更多代价。

多藏必厚亡：丰富的藏货，就必定会遭致惨重的损失。

夫唯不厌，是以不厌：只有不压迫人民，人民才不厌恶统治者。

　　自爱不自贵：但求自爱，而不求自显高贵。

《孟子》二则

题　解

　　《孟子》共七篇，每篇又分上、下，记录了孟子的语言、政治观点和政治行动等，成为儒家的经典著作。本书所选二则，表达了孟子对"义"的坚守、对崇高境界的向往以及对治学、为人方面的看法。

作　者

　　孟子，名轲，战国时期邹人。著名的哲学家、思想家和教育家。生有淑质，家教良好。后游历各国宣传自己的思想主张，但不被采用，晚年以讲学为务。其思想对后世影响极大，他本人也被尊称为"亚圣"。

注　释

　　舍生而取义者也：我就只好牺牲生命而选取道义了。

　　东山：即蒙山，在今山东蒙阴县南。

　　观于海者难为水：看过海洋壮阔的人，别的水就难以吸引他了。

　　游于圣人之门者难为言：曾在圣人之门学习过的人，

别的议论就难吸引他了。

君子之志于道也，不成章不达：有志于道的君子，没有一定的修为，便不走仕进之路。成章，本义为乐曲奏完一遍。后引申指事情达到一定阶段，自成格局。

《庄子》一则

题 解

　　《庄子》，又名《南华经》，是战国中期庄子及其后学所著。本篇是《外篇·知北游》的一部分。该篇论述很有特色，主要是在讨论"道"，一方面指出了宇宙的本原和本性，另一方面也论述了人对于宇宙和外在事物应取的认识与态度。这种微妙难言的哲理，经庄子之手也变得引人入胜。

作 者

　　庄子，名周，战国时期宋国蒙人。庄子崇尚自由而不愿受拘束，故担任漆园吏，后南游诸国，课徒著书以自遣。其文想象丰富奇特，语言运用自如、灵活多变，论述微妙难言的哲理引人入胜，被称为"文学的哲学，哲学的文学"。在郭沫若看来，"以思想家而兼文章家的人，在中国古代哲人中，实在是绝无仅有。他那思想的超脱精微，文辞的清拔恣肆，实在是古今无两。"

注　释

天地有大美而不言：天地具有伟大的美，但不用言语表达。

至人无为：思想境界最高的人，只是顺应自然，不作不为。

《礼记》一则

题　解

　　《礼记》是儒家关于"礼"的经典著作之一，与《周礼》《仪礼》并称"三礼"。《礼记》又称《小戴礼记》，是由西汉戴圣编纂的先秦至秦汉时期共四十九篇解说《仪礼》的文献合辑。

　　与枯燥难懂的《仪礼》不同，《礼记》不仅记载了许多生活中实用性较强的仪节，而且详尽地论述了各种典礼的意义和制礼的精神，并多格言警句，所以后来居上，取代《仪礼》成为"五经"之一。本文所选是《礼记·学记》中的一则，主要讨论教和学的意义及其相互关系。其文言简意赅，喻辞生动，文势流畅。

作　者

　　《礼记》是由西汉时期经学家戴圣编辑而成的，已是学界公论。具体到每一篇文章的作者是谁，一般都信从《汉书·艺文志》的说法，认为《礼记》是"七十子后学者所记也"。也就是说，《礼记》出自孔子弟子或再传弟子之手。至于《学记》的作者，则不知其详。

注　释

《兑命》:《尚书》中的一篇。兑，通"说（yuè）"，指的是殷商时期的贤相傅说（yuè）。命,《尚书》中的一种文章体裁，内容主要是君王任命官员或赏赐诸侯时发布的政令。

学学半：教人是学习的一半。第一个"学"是教之义。

《吕氏春秋》一则

题 解

《吕氏春秋》是一部杂家著作，综合阴阳家、道家、儒家、墨家等各流派思想，采精录异，成一家言。诚可谓"总晚周诸子之精英，荟先秦百家之眇义"。本书所选为《季冬纪第十二》的《不侵》篇起首部分，主要说明了士所具有的品质以及士的难得。

作 者

吕不韦，卫国濮阳（今河南安阳）人。战国末年著名商人、政治家。他口才出众，精于商贾之道，有政治野心，后弃商从政。因辅佐秦庄襄王及其太子嬴政有功，任秦国相国，权倾朝野，府中食客三千。他主持编纂《吕氏春秋》，汇合了先秦诸子各派学说，"兼儒墨，合名法"，史称"杂家"。

注 释

以身为人：为别人而献身。

直言交争：直率进言，反复论辩，向国君进谏。

豫让、公孙弘：豫让，春秋时晋国贵族智伯的家臣。公孙弘，齐国孟尝君的家臣。

不通乎轻重也：不知道何者轻何者重。

汤武：汤，商朝的开国国君。武，周武王，周朝的开国国君。二者皆古代贤君。

千乘：古代称四匹马拉的车为一乘，千乘一般指诸侯国。

桀纣：桀，夏朝末代暴君。纣，商朝末代暴君。

必自知之然后可：必定是自己知晓士人的向往，然后才能采取适当的对策，把他们招集过来。

《傅子》一则

题 解

《傅子》是魏晋时期哲学家傅玄的著作集，以"撰论经国九流及三史故事，评断得失，各为区例"为主要内容。本书所选一则，主要探讨仁人君子自身修养的主题。

作 者

傅玄，字休奕，北地泥阳（今陕西铜川市耀州区东南）人。魏晋时期哲学家、文学家。傅玄少时避难于河内，专心学习，博学多能，文辞甚美。历仕魏、晋两朝，天性严峻急躁，在朝有刚直的名声。傅玄的文学著述颇丰，诗赋、散文、史传、政论无不擅长，尤其是乐府诗，独树一帜，成就最高。有政论著作《傅子》一书，分为内、外、中篇，凡一百二十卷，大都亡佚。

注 释

推所好以训天下：推广自己所向往之事，以教化天下之人。

慎乎所不察：对自己不了解的事物要慎重。

唐虞：唐尧与虞舜的并称，也用以指尧与舜的时代，是古人心目中的太平盛世。

知夫小道者之足羞也：仅仅明白那些浅薄道理的人，应该为此感到羞愧。足羞，让人感到羞愧。

相伯夷于首阳：看一看伯夷宁肯饿死于首阳山而耻食周粟的行为。伯夷，商末孤竹国君长子。

省四皓于商山：考察秦时隐居于商山的四位德高年长者的内心。四皓，指秦末时为避乱而隐居于商山的东园公、甪里先生、绮里季、夏黄公四人。

西极：西北之地，指我国的新疆及中亚一带。

朔垂：北方边疆。

知怀同室者之足鄙也：知道那些只满足于一己之利和个人小家庭生活的人，实在让人鄙视。

德比于上：德行与高标准相比，向上看齐。

耻而知之，则圣贤其可几：知耻就与圣贤靠近了。

纯乎纯哉其上也：不断地纯洁自己的心灵，以期达到极致。

其次得概而已矣：其次获得的是平正罢了。

子方惠及于老马：子方即田子方，战国初年名士，曾为魏文侯师。一次，田子方出门看到路旁一匹老马无人看管，得知那是公家的马，年老无用，故而被遗弃。田子方说，这匹马壮年时尽过力，老了却被遗弃，仁者不能做这样的事，遂用帛将其赎回。

　　西巴不忍而放麂：西巴即秦西巴，春秋鲁国孟孙氏的家臣。一次，孟孙氏猎获一只小麂，命秦西巴送回去烹煮。母麂跟在西巴身后哀啼。西巴不忍心杀小麂而放了它。

吴　均《与朱元思书》

题　解

这是作者在旅途中写给友人朱元思的信。动与静、声与色、光与影巧妙结合，描绘出一幅充满生命力的山水图，让人充分享受到了富春江两岸的"山川之美"，令人心驰神往。

作　者

吴均，字叔庠，南朝梁文学家、史学家。他出身贫寒，性格耿直，好学有俊才。为文清拔，工于写景，尤以小品书札见长，诗亦清新，多为反映社会现实之作，为时人仿效，号称"吴均体"。郑振铎曾夸赞其所写三篇书信是"绝妙好辞，以倩巧之语，状清隽之景"。

注　释

从流飘荡，任意东西：我乘着船随着江流漂荡，任凭船按照自己的意愿，时而向东，时而向西。

富阳、桐庐：今为杭州市的两个县，都濒临富春江。

鸢飞戾天：老鹰高飞入天，这里比喻追求名利、极力攀高的人。

　　望峰息心：看到这些雄奇的山峰，追逐名利的心就会平静下来。

　　疏条交映：稀疏的枝条互相掩映。疏条，稀疏的小枝。交映，互相遮掩。

柳宗元 《黔之驴》

题　解

　　本篇是我国古代一篇寓言故事，写一头驴被带入黔地后放到山下，最后被老虎吃掉的故事。借驴讽刺无德无能而官高位显、作威作福之人，也以驴的可悲下场，警诫那些无才无德、外强中干而毫无自知之明的人，必将自招祸患。

作　者

　　柳宗元，字子厚，河东（今山西永济）人。"唐宋八大家"之一，唐代著名文学家。世称"柳河东""河东先生"，因官终柳州刺史，又称"柳柳州"。他颇有政治理想，关心民众疾苦，其文峭拔矫健，说理透彻，山水游记清雅秀丽，尤为著名。

注　释

　　黔：即唐代黔中道，治所在今重庆彭水县，辖地相当于今彭水、酉阳、秀山一带和贵州北部部分地区。现以"黔"为贵州简称。

　　荡倚冲冒：轻慢地碰撞、倚靠、冲撞、冒犯它。荡，碰撞。倚，倚靠。冲冒，冲击冒犯。

　　技止此耳：驴的本领只不过是这样罢了。

苏 轼 《记承天寺夜游》

题 解

这篇月下游记极短，仅八十四字，所叙之事也浅显易懂，真实记录了作者被贬黄州后，失意文人的壮志难酬及自我排遣。但正因其即兴偶感之美，颇为人所喜爱，有"一语天然万古新，豪华落尽见真淳"之境界。

作 者

苏轼，字子瞻，号东坡居士。北宋文学家，也是第一流的书画家。生性放达，为人率真，好交友，好美食，创制了许多饮食精品，又好品茗，也雅好游山林。有天真烂漫的赤子之心，动笔为文则自然典雅。林语堂评价他为"具有现代精神的古人"。

注 释

承天寺：在今湖北黄冈市南。今已废。

元丰六年：即公元1083年。元丰，宋神宗年号。

念无与为乐者：想到没有可以共同交谈、游乐或赏月的人。

藻、荇：藻，藻类植物；荇，荇菜。泛指生长在水中的绿色植物。这里借指月色下的竹柏影。

但少闲人如吾两人者耳：只是很少有像我们两个这样的闲人罢了。但，只是，仅仅。闲人，闲散的人。这里指不汲汲于名利而能从容流连光景之人。

11

张 岱《湖心亭看雪》

题 解

这篇小品文通过追忆一次在西湖乘舟看雪的经历，写出了雪后西湖清新雅致的特点，表现了作者深挚的隐逸之思，寄寓了作者对故国幽深的眷恋和感伤的情怀。全篇不足两百字，却熔叙事、写景、抒情于一炉，文笔清丽空灵，洒脱自如，所描绘之景如诗如画。

作 者

张岱，字宗子，改字石公，号陶庵，晚年号六休居士，浙江山阴（今浙江绍兴）人，因祖籍四川绵竹，故自称"蜀人"。他出身仕宦世家，少为富贵公子，聪颖善对，精于茶艺鉴赏，爱繁华，好山水，晓音乐戏曲，明亡后不仕，著书以终。著有《琅嬛文集》《陶庵梦忆》《西湖梦寻》《夜航船》等。

注 释

崇祯五年：公元1632年。崇祯，明思宗朱由检的年号。

更定：旧时晚上八时左右，打鼓报告初更开始，称为

"定更"，也称"更定"。定，开始。

上下一白：天地浑然一体，一片苍茫。

彭端淑 《为学一首示子侄》

题　解

　　这篇文章可以说是作者踏实勤学的心得感悟。它以自己的切身体会，教导后辈勤勉好学，进取有为，方能超越天资的局限，以达到学业有成的境界。

作　者

　　彭端淑，字乐斋，号仪一，眉州丹棱（今四川丹棱）人。雍正年间进士，曾充任顺天府（今北京）乡试同考官，乾隆年间任广东肇罗道署察使。为官待民宽厚，一意为民，常以"清慎"自励。后辞官归蜀，入锦江书院，在该院任主讲、院长二十年。

注　释

岂有常哉：难道是一成不变的吗？

南海：指佛教圣地普陀山。

是故聪与敏，可恃而不可恃也：因此，聪明与敏锐，既可以依靠，但也不可以依靠。

自败者也：是自毁前程。

自力者也：是自立自强。

《诗经》一首 《木瓜》

题　解

　　《诗经》是中国古代诗歌的开端，是中国文学史上第一部诗歌总集，现存三百〇五篇，分为《风》《雅》《颂》三个部分。本篇所出《卫风》主要是先秦时代卫国的地方民歌。

　　关于《木瓜》的主旨解释有二：一是《毛诗序》认为，"《木瓜》，美齐桓公也"；二是朱熹《诗集传》认为该篇"疑亦男女相赠答之辞"。诗中谈到的礼尚往来的精神，歌颂报施情谊，可以说是中华礼乐文明的重要内容。

注　释

　　投我以木瓜：你将木瓜投赠给我。

　　报之以琼琚：我以珍贵的玉佩作为回报。

　　匪报也，永以为好也：并非为了答谢，而是希望珍重情意，永远作为相好。

汉乐府一首　《长歌行》

题　解

这首诗选自《汉乐府》中的《相和歌·平调曲》。它由眼前青春美景，感叹万物盛衰有时，惋惜时光的流逝，鼓励青年人要珍惜时光，及早努力，奋发有为。出言警策，催人奋起。

注　释

阳春布德泽：春天给大地普施阳光雨露。阳春，即温暖的春天。

左　思　《咏史》其五

题　解

　　这首诗以皇都壮丽和侯门深邃，反衬自己的归隐之心，表明了作者绝不攀附权贵之决心。全诗以盛气、大言、壮志和高怀取胜，表现作者博大高远的胸怀。

作　者

　　左思，字太冲，齐国临淄（今山东淄博东北）人。西晋文学家。他出身贫寒，才华出众。他用十年时间写成《三都赋》，"豪贵之家，竞相传写，洛阳为之纸贵"。他的诗歌代表作品是《咏史》诗八首，错综史实，融汇古今，"咏古人而己之性情俱见"，风骨刚健，有建安遗风。

注　释

　　紫宫：即"紫微宫"，本为星座名，古人认为是天帝所居之地，也可指天子所居住的皇宫。在此指京城。

　　攀龙：相传黄帝曾经铸鼎，当鼎铸成之时，有一条龙从天而降，接黄帝升天。黄帝左右的那些小臣，有的抓住龙尾，有的抓住龙须，也都攀附在龙身上一起升了天。后来人们便用"攀龙"比喻依附权势。

被褐出阊阖：穿着平民的服装，走出阊阖门，离开京城。阊阖，本指天上的宫门，这里指晋朝时洛阳的一个城门（阊阖门）。

许由：传说中的隐士，尧让帝位给他，他不肯接受，逃至箕山之下，隐居躬耕。

陶渊明 《移居》其二

题　解

这首诗是陶渊明《移居》组诗的第二首，这首诗以自在之笔写自得之乐，将日常生活中邻里交往的琐碎事情，串成一片行云流水。

作　者

陶渊明，名潜，字元亮，别号五柳先生，东晋末南朝宋初文学家。他为人天性淡泊，诗文真实自然，又亲切有味。在叶嘉莹看来，"在中国所有的作家之中，如果以真淳而论，自当推陶渊明为第一"。

注　释

此理将不胜：这种与邻里畅谈欢饮生活的真趣和意义，岂能不美好？将，岂。

无为忽去兹：抛弃它实在无道理可言。兹，指上句所言的欢乐生活。

力耕不吾欺：躬耕的生活不会欺骗我。这句话是指与友人谈心固然好，但也要自食其力，不要荒废了农活，努力耕作才能有所收获。

《子夜四时歌·春歌》

题　解

　　这是一首选自《乐府诗集》的民歌，描绘了一幅灿烂的春景图。百花盛开，山林色彩绚烂，候鸟欢鸣，一派生机！一股难以抑制的欣赏春天的情怀，便也悠然而出。

注　释

　　春风动春心：春风和煦，百花盛开，令人胸中涌起浓浓春意。

　　阳鸟吐清音：从南方飞回的小鸟，在明媚的阳光下欢快地鸣啭啼叫，清脆明快，悦耳悠扬。阳鸟，指鸿雁之类的候鸟，此处泛指阳春三月的鸟。

孟浩然 《春晓》

题 解

这首诗为诗人在鹿门山隐居时所作，它以浅显平易的语言，描写了春日雨后美丽清新的早晨，诗人的所想融于所见。初读似觉平淡，反复读之，便知诗中别有天地，诗人爱春、惜春之情，跃然纸上。

作 者

孟浩然，字浩然，号孟山人，襄州襄阳（今湖北襄阳）人。唐代山水田园派的代表诗人。他早年有用世之志，然而政治上困顿失意，以隐士终老。他洁身自好，率性而为，耿介不随，为同时和后世所倾慕。其诗有自然平淡之风，深邃悠长之境，杜甫曾以"清诗句句尽堪传"表达对其作品的赞赏。

注 释

春眠不觉晓：春宵梦酣，不知不觉间天已大亮。

19

王 维 《九月九日忆山东兄弟》

题 解

这首诗是诗人十七岁时所作，情感朴素真挚，是寄居他乡的游子对家乡亲人最真切的思念。整首诗给人的感觉安静、祥和、从容，"每逢佳节倍思亲"更是千古绝唱，与无数游人离子的思乡之情共鸣。

作 者

王维，字摩诘，号摩诘居士，河东蒲州（今山西永济）人。唐代山水田园派代表诗人，也精通音乐、书法和绘画。他的诗以清新淡远、自然脱俗的风格，创造出一种"诗中有画，画中有诗"的意境。因笃诚奉佛，有"诗佛"之称；又因曾任尚书右丞，世称"王右丞"。

注 释

九月九日：重阳佳节，民间习俗要登高，插茱萸，喝黄酒。

登高：古有重阳节登高的风俗。

　　遍插茱萸少一人：亲人们在插茱萸时，想起少了我一人，也一定在思念着我吧。

李　白　《静夜思》

题　解

　　这首小诗是千古传诵的名篇，写的是在清秋月夜思念家乡的感受。故乡月，异乡人，虽无奇特新颖的想象，也无精工华美的辞藻，语言明白如话，音韵流畅自然，但正是这样自然的叙述，由景及情，意味深长。胡应麟说："太白诸绝句，信口而成，所谓无意于工而无不工者。"这首诗便是榜样。

作　者

　　李白，字太白，号青莲居士，出生于安西都护府之碎叶城（今吉尔吉斯斯坦境内），约五岁时随父迁居绵州昌隆县（今四川江油）之青莲乡。李白是集大成的诗人，题材内容多样，风格雄奇飘逸，具有"笔落惊风雨，诗成泣鬼神"的艺术魅力，被贺知章称为"谪仙人"。与杜甫一起作为唐朝诗坛的"双子星"，并称"李杜"，韩愈称誉"李杜文章在，光焰万丈长"。

杜　甫　《望岳》

题　解

这首诗是歌咏泰山的绝唱，也是杜甫的人生写照。它以"望"字统摄全篇，描绘泰山之壮丽景色，并由此生发内心感受，一抒积极向上的豪迈情怀和俯视一切的博大胸襟。该诗气骨峥嵘，体势雄浑，后出之作，难以企及。

作　者

杜甫，字子美，自称杜陵布衣、少陵野老，原籍湖北襄阳，出生于河南巩县（今河南巩义）。他是纯儒家思想的诗人，拥有广博的同情心。他一生历经起伏，有丰富的生活经验，对生活有深刻的感受，故作品题材丰富，诗风沉郁顿挫。他心系苍生，忧国忧民，因此享有"诗圣"美誉，其诗作亦被称为"诗史"。正如闻一多所说，杜甫是我们"四千年文化中最庄严、最瑰丽、最永久的一道光彩"。

注　释

岱宗：泰山亦名"岱山"或"岱岳"，古代以泰山为五岳之首，诸山所宗。历代帝王凡举行封禅大典，皆在此山，这里指对泰山的尊称。

齐鲁：古时齐鲁两国以泰山为界，齐国在泰山北，鲁国在泰山南。原是春秋战国时两个国名，在今山东境内，后用齐鲁代指山东地区。

青未了：山色郁郁苍苍，无边无际，浩茫浑涵。青，指苍翠的美好山色。

造化：创造与化育。《淮南子·精神训》里有"伟哉造化者"的说法。诗中的"造化"就是"造化者"，指创造、化育一切的大自然。

荡胸生曾云：遥望泰山，那升腾的层层云气，如此舒展，也让我感受到自己的胸怀博大。荡胸，心胸摇荡。

决眦入归鸟：极目眺望，见到无数的鸟归巢入谷。

会当凌绝顶，一览众山小：定要登上那最高峰，俯瞰在泰山面前显得渺小的群山。此处也化用了一个典故，即"孔子登东山而小鲁，登泰山而小天下"。

杜　牧　《江南春绝句》

题　解

　　这首绝句千百年来素负盛誉。寥寥四句，只是花鸟、酒旗、寺庙几个江南常见的景物，淡淡的几笔点染，便描绘了一幅绚丽动人的江南烟雨图，意境深邃幽美，同时暗含对历史的慨叹。

作　者

　　杜牧，字牧之，京兆万年（今陕西西安）人。晚唐文学家，诗、文均负盛名。与李商隐齐名，世称"小李杜"。杜牧风流浪漫，人如其诗，个性张扬，如鹤舞长空，俊朗飘逸。叶嘉莹评价其作品"在豪放之中带着一种华丽"。

注　释

　　南朝：指先后与北朝对峙的宋、齐、梁、陈政权。

　　南朝四百八十寺，多少楼台烟雨中：南朝遗留下来如此多的古寺，如今又有多少笼罩在这朦胧烟雨之中。

范仲淹 《苏幕遮·怀旧》

题 解

  此词写羁旅思乡之感，题材虽常见，但胜在写法别致。以秋天美妙空灵之境，写离情愁思，郁勃而动。情感真挚，离乡之苦可见一斑。《西厢记》中"碧云天，黄花地，西风紧，北雁南飞"，就是化用的这首词中的名句。

作 者

  范仲淹，字希文，苏州吴县（今江苏苏州）人。北宋著名文学家、政治家。宋真宗大中祥符八年进士，庆历时官至枢密副使、参知政事。谥号"文正"，世称"范文正公"。范仲淹政绩卓著，文学成就突出，"先天下之忧而忧，后天下之乐而乐"以及"宁鸣而死，不默而生"，都是千古名句，影响深远。词作虽然数量不多，但都脍炙人口，在宋词的发展中起着承前启后的重要作用。朱熹称他为"有史以来天地间第一流人物"！

注 释

  苏幕遮：原唐教坊曲名，来自西域，后用作词牌名。

波上寒烟翠：碧波上弥漫着空翠而略带寒意的秋烟。烟本呈白色，因其上连碧天，下接绿波，远望即与碧天同色，秋水共长天一色是也。

芳草无情，更在斜阳外：草地绵延到天涯，似乎比斜阳更遥远。芳草，在此暗指故乡。

黯乡魂：因思乡而黯然神伤。黯，形容心情忧郁。

追旅思：撇不开羁旅的愁思。追，追随，这里有缠住不放的意思。

夜夜除非，好梦留人睡：每天夜里只有做返乡的好梦时，才得以安睡。

明月楼高休独倚：当明月照射高楼时，不要独自依倚。这里是感慨之言，实是独倚高楼后语。

晏 殊 《浣溪沙》

题 解

　　这首词大约写于某次宴饮歌乐之后，从中流露出一种深沉的人生感慨，表达作者对时间无穷和人事无常的感叹，含蓄而悠长。词中对宇宙人生的深思，给人以哲理性的启迪和美的艺术享受。"无可奈何花落去，似曾相识燕归来"属对工巧，自然浑成，是历来传诵的名句。

作 者

　　晏殊，字同叔，抚州临川县（今江西进贤）人。北宋著名词人、文学家，与欧阳修齐名。晏殊一生仕途较为顺畅，仁宗时官至宰相。作为一个政治上志得意满的达官贵人，诗酒构成了他生活的中心，诗词通常是他佳会宴游之际的消遣之作。其词风格温润秀洁，少见激言烈响，而又在清淡中见韵味，叶嘉莹曾评价说，他"所流露和抒写的乃是他珠圆玉润的诗人的本质"。

注 释

　　浣溪沙：唐玄宗时教坊名，后用作词调。沙，又作"纱"。

去年天气旧亭台：依然是与去年一样的天气、亭台。

无可奈何：不得已，没有办法。

似曾相识：好像曾经认识，形容见过的事物再次出现。后用作成语，即出自晏殊此句。

小园香径独徘徊：独自在落花散香的园中小路上来回踱步。小园香径，花草芳香的小路，或指落花散香的小路。因落花满径，幽香四溢，故云香径。

李之仪 《卜算子》

题 解

这首词以江水之悠悠不断，喻相思之绵绵不已，最后以己之钟情期望对方。真挚恋情，倾口而出。语言明白如话，感情深沉真挚，令人动容。

作 者

李之仪，字端叔，自号姑溪居士、姑溪老农，沧州无棣（今山东庆云）人。北宋词人。曾做过苏轼定州知州任上的幕僚。其词妙于炼意，毛晋在《姑溪词跋》中曾说李之仪词"长于淡语、景语、情语"，所论颇为到位。

注 释

卜算子：词牌名。

只愿君心似我心，定不负相思意：只愿你的心，如我的心一样相守不移，就不会负我一番痴恋情意。

李清照 《夏日绝句》

题 解

　　这首诗起调高昂，鲜明地点出人生价值取向，而后追忆历史人物，以讽南宋朝廷软弱无能，苟且偷安。全诗慷慨雄健，掷地有声，仅二十个字，连用三个典故，但无堆砌之弊，只因皆为诗人心声。

作 者

　　李清照，号易安居士，济南章丘（今属山东）人，宋代杰出女词人。她不但有高深的文学修养，而且有大胆的创新精神。其词作别树一帜，号"易安体"，后人誉为"婉约之宗"，有"千古第一才女"的美誉。

注 释

　　鬼雄：鬼中的英雄。出自屈原《九歌·国殇》："身既死兮神以灵，魂魄毅兮为鬼雄。"

　　项羽：秦末时，项羽自立为西楚霸王，与刘邦争夺天下失利。他突围到乌江，乌江亭长劝他急速渡江，回到江东，重整旗鼓。项羽自觉无颜见江东父老，便回身苦战，杀死敌兵数百，然后自刎。

江东：项羽当初随叔父项梁起兵之地。

朱　熹　《观书有感》其一

题　解

　　这是一首极富哲理的小诗。以方塘作比喻，形象地表达了一种微妙难言的读书感受。池塘非死水，常有活水注入才造就其清澈见底，读书亦然。这首诗所表现的读书有悟有得时的那种灵气流动、精神清新活泼而自得自在之境界，正是作者作为一位大学问家的切身感受。

作　者

　　朱熹，字元晦，又字仲晦，号晦庵，晚称晦翁，祖籍徽州府婺源县（今江西婺源），生于南剑州尤溪（今属福建尤溪）。南宋著名哲学家、教育家、学者。他一生学而不厌，诲人不倦，博览经史，治学严谨，著作宏富。他也是理学的集大成者，被后世尊称为"朱子"，所著《四书章句集注》，成为元明清的教科书和科举考试的标准。清康熙皇帝称朱熹"集大成而绪千百年绝传之学，开愚蒙而立亿万世一定之归"。

注　释

方塘：又称半亩塘，在福建尤溪城南郑义斋馆舍（后为南溪书院）内，这里暗喻书。

问渠那得清如许：要问池塘里的水为何如此清亮？那得，怎么会。清如许，这样的清澈。

源头活水：源头清新流动的水。比喻知识不断更新和发展，从而得以不断积累。这句诗是说，只有不断学习、运用和探索，才能才思不断，永葆活力。

马致远 《天净沙·秋思》

题 解

秋士易感，是中国文坛古老的传统。这首小令巧妙地把九种景物融合在同一幅画面中，又以安详温馨的小桥、流水、人家，反衬眼前满目萧瑟的秋景，更添其愁。让人读之而倍感其苦，咏之而更感其辛。

作 者

马致远，号东篱，大都（今北京）人。元代文学家，元曲四大家之一。年轻时热衷于功名，晚年退出官场，隐居于杭州郊外。他的散曲构思奇巧，用语清丽，立意清峻，造境幽深，颇能引起文人的共鸣。"战文场，曲状元，姓名香贯满梨园"，正是对其一生最恰当的评价。

注 释

断肠人：形容伤心悲痛到极点的人，此指漂泊天涯、极度忧伤的旅人。

于 谦《石灰吟》

题 解

这是一首托物言志诗，诗人处处以石灰自喻，咏石灰即是咏自己磊落的襟怀和崇高的人格。此诗表现了作者不畏艰险、敢于牺牲的献身精神和清白高洁的品格，可视作于谦生平和人格的真实写照。

作 者

于谦，字廷益，号节庵，杭州钱塘（今浙江杭州上城区）人。明朝名臣、军事家。于谦忧国忘身，平素俭约，个性刚直，敢于为民请命，严惩作奸犯科权贵，天顺元年因"谋逆"罪被冤杀。《明史》赞曰："谦忠心义烈，与日月争光。"

注 释

清白：石灰洁白的本色，在此比喻高尚节操。

钱鹤滩 《明日歌》

题 解

这首诗自问世以来，广为传诵。它并非空泛的说教，而是围绕"明日"展开说理，劝勉人们勿盼明日，勿等明日，活在当下，告别蹉跎，珍惜时光。语言生动活泼，通俗易懂。

作 者

钱鹤滩，字与谦，因家住松江鹤滩附近，自号鹤滩，松江府华亭（今上海松江）人。弘治三年状元，任职翰林修撰，旋托病告归，不再出仕。性坦率，喜饮酒，更致力于诗文，雄视当世，才气高奇。

注 释

我生待明日，万事成蹉跎：如若天天空等明天，那么只会蹉跎岁月，空度时日。

百年：指人的一生。

能几何：有多少（明天）呢？

篇目	篇目来源	版本信息	出版社	出版年份
1	《论语》	《论语译注》杨伯峻译注	中华书局	1980
2	《老子》	《老子注译及评介》陈鼓应著	中华书局	1984
3	《孟子》	《孟子正义》焦循撰 沈文倬点校	中华书局	1987
4	《庄子》	《庄子集释》郭庆藩辑 王孝鱼整理	中华书局	1961
5	《礼记》	《十三经注疏》阮元校刻	中华书局	1980
6	《吕氏春秋》	《诸子集成》	上海书店出版社	1986
7	傅玄《傅子》	《全上古三代秦汉三国六朝文》严可均辑校	中华书局	1958
8	吴均《与朱元思书》	《全上古三代秦汉三国六朝文》严可均辑校	中华书局	1958
9	柳宗元《黔之驴》	《柳宗元集》	中华书局	1979
10	苏轼《记承天寺夜游》	《苏轼文集》孔凡礼点校	中华书局	1986
11	张岱《湖心亭看雪》	《陶庵梦忆》张岱撰 马兴荣点校	上海古籍出版社	1982
12	彭端淑《为学一首示子侄》	《历代散文名篇大观》郭荣光主编	山东文艺出版社	1991
13	《诗经》	《诗集传》朱熹集注	中华书局	1958
14	汉乐府	《乐府诗集》郭茂倩编	中华书局	1979
15	左思《咏史》	《先秦汉魏晋南北朝诗》逯钦立辑校	中华书局	1983
16	陶渊明《移居》	《陶渊明集》逯钦立校注	中华书局	1979
17	《子夜四时歌·春歌》	《乐府诗集》郭茂倩编	中华书局	1979
18	孟浩然《春晓》	《全唐诗》彭定求等编	中华书局	1960
19	王维《九月九日忆山东兄弟》	《全唐诗》彭定求等编	中华书局	1960
20	李白《静夜思》	《李太白全集》王琦注	中华书局	1977
21	杜甫《望岳》	《杜诗详注》仇兆鳌注	中华书局	1979
22	杜牧《江南春绝句》	《全唐诗》彭定求等编	中华书局	1960
23	范仲淹《苏幕遮·怀旧》	《全宋词》唐圭璋编	中华书局	1965
24	晏殊《浣溪沙》	《全宋词》唐圭璋编	中华书局	1965
25	李之仪《卜算子》	《全宋词》唐圭璋编	中华书局	1965
26	李清照《夏日绝句》	《李清照集校注》王学初校注	人民文学出版社	1979
27	朱熹《观书有感》	《朱文公全集》	中华书局	1964
28	马致远《天净沙·秋思》	《全元散曲》隋树森编	中华书局	1964
29	于谦《石灰吟》	《于忠肃公集》	清刻本	
30	钱鹤滩《明日歌》	《履园丛话》钱泳撰 张伟点校	中华书局	1979

作者作品年表

（以作者主要生活年代、成书年代为参考）

西周（前 1046—前 771）		《诗经》
东周① （前 770— 前 256）	春秋（前 770—前 476）	管子（？—前 645） 老子（约前 571—？） 孔子（前 551—前 479） 孙子（约前 545—约前 470）
	战国（前 475—前 221）	墨子（前 476 或前 480—前 390 或前 420） 孟子（约前 372—前 289） 庄子（约前 369—前 286） 屈原（约前 340—前 278） 公孙龙（约前 320—前 250） 荀子（约前 313—前 238） 宋玉（约前 298—前 222） 韩非子（约前 280—前 233） 吕不韦（？—前 235） 《黄帝四经》 《吕氏春秋》 《左传》 《列子》 《国语》 《尉缭子》 《易传》
秦（前 221—前 206）		李斯（？—前 208）
汉 （前 206— 公元 220）	西汉②（前 206—公元 25）	贾谊（前 200—前 168） 韩婴（约前 200—约前 130） 司马迁（约前 145—？） 刘向（约前 77—前 6） 扬雄（前 53—公元 18） 《礼记》 《淮南子》
	东汉（25—220）	崔瑗（77—142） 张衡（78—139） 王符（约 85—162） 曹操（155—220）
三国（220—280）		诸葛亮（181—234） 曹丕（187—226） 曹植（192—232） 阮籍（210—263） 傅玄（217—278）

晋 （265—420）	西晋（265—317）	李密（224—287） 左思（约250—约305） 郭象（约252—312）
	东晋（317—420）	王羲之（303—361，一说321—379） 陶渊明（约365—427）
南北朝 （420—589）	南朝（420—589）	范晔（398—445） 陶弘景（456—536） 刘勰（约465—约532）
	北朝（386—581）	郦道元（约470—527） 颜之推（531—约590）
隋（581—618）		魏徵（580—643）
唐③（618—907）		骆宾王（约626—684以后） 王勃（约650—约676） 杨炯（650—?） 贺知章（约659—约744） 陈子昂（659—700） 张若虚（约670—约730） 张九龄（678—740） 王之涣（688—742） 孟浩然（689—740） 崔颢（?—754） 王昌龄（698—756） 高适（约700—765） 王维（701—761） 李白（701—762） 杜甫（712—770） 岑参（约715—约769） 张志和（732—774） 韦应物（约737—792） 孟郊（751—814） 韩愈（768—824） 刘禹锡（772—842） 白居易（772—846） 柳宗元（773—819） 李贺（790—816） 杜牧（803—852） 温庭筠（812?—866） 李商隐（约813—约858）
五代十国（907—979）		李璟（916—961） 李煜（937—978）

宋 （960—1279）	北宋（960—1127）	柳　永（约 987—1053） 范仲淹（989—1052） 晏　殊（991—1055） 宋　祁（998—1061） 欧阳修（1007—1072） 苏　洵（1009—1066） 周敦颐（1017—1073） 司马光（1019—1086） 曾　巩（1019—1083） 张　载（1020—1077） 王安石（1021—1086） 程　颐（1033—1107） 李之仪（1048—约 1117） 苏　轼（1037—1101） 黄庭坚（1045—1105） 秦　观（1049—1100） 晁补之（1053—1110） 周邦彦（1056—1121） 李清照（1084—1155） 陈与义（1090—1139）
	南宋（1127—1279）	岳　飞（1103—1142） 陆　游（1125—1210） 杨万里（1127—1206） 朱　熹（1130—1200） 张孝祥（1132—1170） 陆九渊（1139—1193） 辛弃疾（1140—1207） 姜　夔（约 1155—1221） 陈　亮（1143—1194） 丘处机（1148—1227） 叶绍翁（1194—1269） 文天祥（1236—1283）
元④（1206—1368）		关汉卿（约 1234 前—约 1300） 马致远（约 1250—1321 以后） 张养浩（1270—1329） 王　冕（1287—1359） 萨都剌（约 1307—1355？）

明（1368—1644）	宋濂（1310—1381） 刘基（1311—1375） 于谦（1398—1457） 钱鹤滩（1461—1504） 王阳明（1472—1529） 杨慎（1488—1559） 归有光（1507—1571） 汤显祖（1550—1616） 袁宏道（1568—1610） 张岱（1597—约1676） 黄宗羲（1610—1695） 李渔（1611—1680） 顾炎武（1613—1682）
清⑤（1616—1911）	徐灿（约1618—约1698） 纳兰性德（1655—1685） 彭端淑（约1699—约1779） 袁枚（1716—1797） 戴震（1724—1777） 龚自珍（1792—1841） 魏源（1794—1857） 曾国藩（1811—1872） 康有为（1858—1927） 谭嗣同（1865—1898） 梁启超（1873—1929） 秋瑾（1875—1907） 王国维（1877—1927）

说明

① 一般来说，把公元前770—公元前476年划为春秋时期；把公元前475—公元前221年划为战国时期。

②9年，王莽废汉帝自立，改国号为"新"；23年，王莽"新"朝灭亡，刘玄恢复汉朝国号，建立更始政权；25年，更始政权覆灭。

③690年，武则天称帝，改国号为"周"；705年，武则天退位，恢复国号"唐"。

④1206年，铁木真建立大蒙古国；1271年，忽必烈定国号为元。

⑤1616年，努尔哈赤建立后金；1636年，改国号为清；1644年，明朝灭亡，清军入关。

出版后记

"中华古诗文经典诵读工程"于 1998 年由中国青少年发展基金会发起。作为诵读工程指定读本的《中华古诗文读本》于同年出版。二十五年来，"中华古诗文经典诵读工程"影响了数以千万计的读者，《中华古诗文读本》因之风行并被称誉为"小红书"。

为继续发挥"小红书"的影响力，方便读者从中汲取中华优秀传统文化的养分，中国青少年发展基金会、中国文化书院、陈越光先生与中国大百科全书出版社决定再版"小红书"，并且同意再版时秉持公益精神，践行社会责任，以有益于中华传统文化普及与中小学生文化素养提高为首要目标。

"小红书"已出版二十五年。为给读者更好的阅读体验，在确保核心文本不变的前提下，我们征求并吸取了广大读者的意见，最后根据意见确定了以下再版原则：版本从众，尊重教材；注音读本，规范实用；简注详注，相得益彰；准确诵读，规范引领；科学护眼，方便阅读。可以说，这是一套以中小学生为中心的中国经典古诗文读本。

"小红书"以其中国特色、中国风格、中国气派、中国思想而备受读者青睐，使其畅销多年而不衰。三百余篇中国经典古诗文，不仅是中华民族基本思想理念的经典诠释，也是中华儿女道德理念和规范的精彩呈现。前者如革故鼎新、与时俱进的思想，脚踏实地、实事求是的思想，惠民利民、安民富民的思想等；后者如天下兴亡、匹夫有责的担当意识，精忠报国、振兴中华的爱国情怀，崇德向善、见贤思齐的社会风尚等。细细品之，甘之如饴。

四十余年来，中国大百科全书出版社坚守中华文化立场，一心一意为读者出版好书，积极倡导经典阅读。这套倾力打造的《中华古诗文读本》值得中小学生反复诵读，希望大家喜欢。

由于资料及水平所限，书中不妥之处在所难免，敬请读者批评指正，我们将不胜感激！

2023 年 6 月 6 日

图书在版编目（CIP）数据

中华古诗文读本 / 中国青少年发展基金会编；中国文化书院注释.--北京：中国大百科全书出版社，2022.10

ISBN 978-7-5202-1216-8

Ⅰ.①中… Ⅱ.①中… ②中… Ⅲ.①古典诗歌-中国-通俗读物 ②古典散文-中国-通俗读物 Ⅳ.①I211-49

中国版本图书馆CIP数据核字（2022）第187349号

中华古诗文读本

	中国青少年发展基金会	编
	中国文化书院	注释
	陈越光	总策划

出 版 人	刘祚臣	
出版统筹	张京涛	
责任编辑	张京涛 李 婷	
助理编辑	王红丽	
特约编辑	郭新超	
责任印制	魏 婷	
出版发行	中国大百科全书出版社	
地 址	北京市西城区阜成门北大街17号	
邮 编	100037	
网 址	http://www.ecph.com.cn	
电 话	010-88390108	
印 刷	天津盛辉印刷有限公司	
开 本	710mm×1000mm 1/16	
印 张	89.25	
字 数	1023千字	
版 次	2023年6月第1版	
印 次	2023年6月第1次印刷	
书 号	ISBN 978-7-5202-1216-8	
定 价	258.00元	